Dedicated Poetry / Gewidmete Gedichte

Michael Andres

Dieses Buch ist eine Ansammlung von Begegnungen, deren Zitate, Einsichten und Inspirationen die sie mir gegeben haben.

This book is an accumulataion of enocunters, their quotes, insights and the insipiration they have given me.

Um diese Buch etwas besser verstehen zu können gibt es hier
eine kleine Anleitung.

Auf der linken Seite das deutsche Gedicht.
Auf der Rechten Seite das englische Gedicht.
Zitate die mich inspiriert haben in *Kursiv* geschrieben.
Das Original ist in dunkler Schrift
und die übersetzte Version in grauer Schrift.

Da ich abwechselnd Deutsch und Englisch schreibe war diese
Übersetzung notwendig.

To understand this book a bit better I give you a little How-To.

On the left side the German poem.
On the right side the English poem.
Quotations that inspired me are written in *Italics*.
The Original in black and the translation in gray.

Since I often switch between German and English while writing
these translations were necessary.

Mein Name ist Michael Andres

Um meine Ängste zu bannen habe ich gelernt zu schreiben
sie auf das Papier zu bringen
weg von meinen Gedanken
in eine Form
die ich genießen kann

picture–bandit.daportfolio.com/

picturebandit.wordpress.com

twitter.com/PictureBandit

www.blurb.com/user/PicBandit

Text & Fotos: Michael Andres
E–Mail: thepicturebandit@gmail.com

My name is Michael Andres

To banish my fears I learned to write
to put them on to paper
away from my thoughts
in to a form
I can enjoy

was vergehen muss

muss vergehen

aber einmal war es realität

what must elapse

must pass

but once it was reality

ich hörte und sah

viele dinge in meinem leben

doch schmerzen bereiten mir

am meisten deine tränen

deren zeuge ich war und

dein schluchzen

welches ich hörte

I heard and saw

many things in my life

yet what is causing me the most pain

are your tears

I witnessed and

the sobbing

which I heard

alleine sein bedeutet stark zu sein

ein paar zu sein bedeutet

gemeinsam einsam zu sein

being alone means to be strong

being couple means

to be lonely together

ohne die dinge

geschehen in der vergangenheit

würden wir hier nicht

in der gegenwart stehen

without the things
happened in the past
we would not be standing here
in the present

ich lebe in einer welt
die versucht zu vergessen
ja sogar auszumerzen
was uns zu menschen macht

I live in a world
that tries to forget
even eliminate
what makes us human

das leben ist wie lotto
du brauchst nur ein ticket

life is like the lottery
all you need is a ticket

spass ist steuerpflichtig

fun is subject to tax

die unfähigkeit zur offenheit

ein problem das ich weder erfassen

noch bearbeiten kann

denn an keinem tag

ist es das selbe gefühl

the inability to openness
is a problem that I can not grasp
nor handle
because on no day
it is the same feeling

geblendet durch liebe
geblendet durch hoffnung
zählen die reinsten absichten
nichts mehr

blinded by love
blinded by hope
the purest intentions
no longer count

ich verlor den takt

eine sekunde im leben

ich habe wieder aufgeholt

ein hüpfer ein sprung

eine chance verpasst

I missed a beat
a second of life
I caught up again
a skip a leap
I missed a chance

so lebensnah und vertraut

nanntest du deinen raum

chaotisch-utopisch

ich erkenne darin

mein eigenes wesen

kein wunder ist es

mein zuhause

in der menge

–

chaotisch und utopisch

so close and intimate

you called your room

chaotic–utopian

I recognize within

my own being

no wonder it is

my home

in the masses

–

[.] *chaotic and utopian*

der grüne kobold

der eifersucht zappelt

durch meinen bauch

es ist ein gefühl der unsicherheit

welches sich tief in meiner brust vergräbt

obwohl ich versuche

meinen glauben zu behalten

dieses gefühl der verzweiflung

viel einfacher verbannt

durch eine simple berührung

von dir

the green goblin
of jealousy is wriggling
through my gut
it is a feeling of uncertainty
that burrows deep within my chest
though i will try
to keep my faith
this feeling of despair
is far easier dispelled
by a simple touch
from you

ein abstand nicht in metern messbar

aber ein unterschied des geistes

a distance not measurable in meters
but a difference of mind

wie leicht wir unsere kindheitsträume

vergessen und dann doch vermissen

hab ich mal darüber nachgedacht

und doch nicht gelacht

da ist nur eine kleine liste

aber ich denke

da vermisse ich

den einen oder anderen traum

einige auch ausgeträumt

how easily we forget our childhood dreams
yet still miss them
once thought about it
all the same did not laugh
there is only a small list
but I believe
I miss the one
or other dream
and some dreams lost

ich würde mein glück im leben
nicht für glück in der liebe tauschen
du bist meine liebe
doch nicht mein leben

I would not trade my luck in life

for luck in love

you are my love

yet not my life

wohin du schreitest

alles braun verschwindet

grau wird grün

blumen blühen

gras wächst

und die bäume schütteln ihre zweige

um dich auf deinem weg zu grüssen

du hast frühling in deinen schritten

–

wenn ich etwas für dich tun kann fühlt sich das gut an

where you step
all brown is gone
and grey becomes green
flowers bloom
grass grows
and the trees shake their branches
to greet you on your way
you have spring in your steps

–

it feels good when i can do something for you

in der stille sind geräusche ohrenbetäubend

denkend und schlagend – in kopf und brust

die stimmen des gewissens – der logik und neugierde

während sanfte geräusche – mit fug und recht den ton

dieses konzertes verändern – geräuschlosigkeit in b moll

nur rasselnd und rumpelnd – schleppend und quietschend

reissend und rauschend – knackend und gurgelnd

die geräusche der stille

sind bemerkbar

zwischen den aufreibenden gedanken

und dem schlagen meines herzens

flüstern und pfeifen – werden weit getragen

in den ohrenbetäubenden geräuschen der stille

in silence sounds are deafening

thinking and beating – in head and chest

the voices of consciences – reason and curiosity

while soft noise – justifiably so changes

the tone of this concerto – quietness in b minor

only rattling or rumbling – shuffling and squeaking

ripping and rushing – cracking and gargling

the sounds of silence

are noticeable

between the wracking of my mind

and the pounding of my heart

whispers and whistles – carry far

in the deafening sounds of silence

sanfte tropfen in einem teich

doch kleine wellen

können grossen eindruck machen

soft drops in a pond

but little waves

can make a great impression

wie perlt denn der sozialdruck

–

risotto wächst ja nicht in der schweiz

how does social pressure fizz

–

risotto doesn't grow in switzerland

dreissig jahre leben

gab mir vieles

lust und frust

verdruss und kuss

trauer und mut

sogar feuer und glut

eis und schmerz

und ein kaltes herz

thirty years of life

gave me a lot

lust and frustration

disappointment and kisses

grief and courage

even as fire and ember

ice and sorrow

and a cold heart

ein zug sang für mich diesen abend
er spielte klare und helle melodien

a train sang for me tonight
it played clear and bright tunes

unerklärlich steigt die leidenschaft

aus dem abgrund den ich nicht wahrnehme

es ist mein innerer kern immer in bewegung

im schmelzofen der gefühle

wie ein vulkan platzend

oder langsam drückend

gegen die kruste meines seins

dieser druck bewohnt von meine positiven

und dunklen wünschen

schwappt an die oberfläche

all die emotionen des glücks

freude und erlösung

genauso irrational

wie die gram der eifersucht

einsamkeit und traurigkeit

inexplicably the fervor rises
out of the abyss I can not percieve
it is my inner core ever moving
in the furnace of feelings
like a vulcano bursting
or slowly pushing
against the crust of my being
this pressure inhabited
by my positive and dark desires
spill to the surface
all the emotions of happiness
joy and redemption
just as irrational
as the sorrow of jealousy
loneliness and sadness

versuche zu verstehen

versuche es zu akzeptieren

und doch wird es dir das herz brechen

lass uns reden wenn du dies erlebt hast

sobald du eine liebe verloren

dir nahe stand

nachdem du gegen

zweifel und ängste gekämpft hast

zu dem zeitpunkt da du schließlich

dein glück akzeptierst

dass es endet

aus und vorbei

try to understand

try to accept it

and yet it will break your heart

let us talk once you experienced this

once you lost a love

dear to you

after battling your doubts and fears

at the point where you finally

accepted your luck

that it ends

over and out

danke dir strassenmusikant
der mir diese notlüge erfand
ist die welt nun doch bereit
für meine aufmerksamkeit
kann dir gar nicht sagen
wie all die anderen sich plagen
neue freunde findet man nicht
man spricht sie an

—

wahrheit ist der grösste lügner

thank you busker

who has thought of this white lie for me

is the world ready now

for my attention

I can not tell you

how all the others toil

new friends are not made

you address them

–

truth is the biggest liar

du bist mein gefühls-aspirin

meine kalte dusche

und ein warmes bad

you are my emotional aspirin

my cold shower

and a warm bath

ein nachmittag des kochens
für einen abend des essens
mit einem schuss diskussion

an afternoon of cooking

for an evening of eating

with a dash of discussion

die wissenschaft der poesie
die entdeckung der tatsache
die realisierung der physik
mathematik oder gedichte

–

poesie liegt zwischen mathematik und biologie

the science of poetry
the discovery of fact
the realization of physics
mathematics or lyrics

–

poetry lies between math and biology

im moment lust leute zu treffen
hab einen platz für freundschaft frei
denke an die auseinander gelebten leben
um meine kindlichkeit weiter zu leben
für all diese zeit und auch in zukunft

currently eager to meet people
have a slot of friendship free
thinking of the lives lived apart
for my childishness to survive
for all this time and in future too

tränen sind des lebens zucker

tears are life's sugar

marathon

schon das wort mach mich müde

marathon
the word alone is wearing me out

bin ich anders
bin ich mehr
neuer zweifel
neues glück

verwirrte freiheit
zweifel der sturheit

am I different
am I more
new doubts
new happiness

confused freedom
doubt of stubbornness

alte freundeschaft alte liebe
kenne viele
die zeit der geschichte wird dies
alles richten
ein wichtiger teil des lebens
bekannt ob neu oder alt
mit neuem selbstvertauen gebannt

es ist nicht die unfähigkeit des seins
des velorenen in der masse

old friends old love

know many

the time of history will

judge all

an important part of life

known whether new or old

spellbound with new confidence

it is not the inability of being

the lost one in the masses

sie singen diese lieder
in diesen wäldern

umrahmt von den späten tropfen
die von bäumen fallen

kapuzen hoch
finden eine melodie
und singen ein lied
bis der morgen kommt

they sing these songs
within these woods

framed by the late drops
falling off trees

put up their hoods
find a tune
and sing a song
till morning come

wenn gedanken wie blut

aus meinem füller fliessen

und diese seiten mit leben erfüllen

es ist eine neue gute routine

ein erkennen meiner triebe

eine weisheit des wissens

wer ich bin

mit dem willen zu veränderung

if thoughts like blood
flow from my pen
filling these pages with life
it is a fine new routine
recognizing my desires
a wisdom of knowledge
of who I am
with the will to change

gedanken fliessen wieder

nerven gespannt in erwartung

der zukunft im erleben

die gegenwart der seltsamkeit

in der anwesenheit des eignen selbst

des unentdeckten

aller anfang ist ein traum

–

jeder anfang ist ein traum

thoughts flow again
nerves tense in anticipation
experience of the future
the present in the strangeness
being in the presence of oneself
the undiscovered

all beginnings are a dream

–

every beginning is a dream

wäre doch nur das leben so
dass du nur zahlst was du bekommst
doch du bezahlst auch deine verluste

–

du zahlst was du bekommst

if only life would we be like that
you only pay for what you get
but you pay for your losses as well

–

you are paying for what you get

sie kann jemanden kennen

ohne ihn zu kennen

zufallstreffer bekannt doch unbekannt

she can know someone
without knowing him
fluke known yet unknown

trinkender abend
spontan und labend
ansonsten trieblos
nur erfreut an dieser normalen
zweisamkeit

drinking night
spontaneous and refreshing
without yearning
delighted in this normal
togetherness

oh fremder warum lächelst du
oh reisender warum weinst du
du berührst mich mit deinem mut
zeigst mir einen teil von mir
einzigartig geglaubt
jedoch präsent in uns allen
ein wunsch zu liedern zu lächeln
für verlorene einen fluss zu weinen

–

kitsch ist auch konstruiert

oh stranger why do you smile
oh traveler why do you cry
you touch me with your courage
you show me a part of myself
thought to be unique
yet present in all of us
a desire to smile to songs
cry a river for lost ones

—

kitsch is also constructed

unsere freundschaft ist wie ein stein
verblichen und alt
manchmal fallen gelassen und vergessen
bis gefunden
poliert und wieder geschätzt
langlebig und hart
aber auch voller
geschichte und leben
unsere freundschaft ist wie ein stein

our friendship is like a stone
withered and old
sometimes dropped and forgotten
until found
polished and appreciated again
durable and hard
yet filled
with history and life
our friendship is like a stone

rufe deinen mut herbei
nehme dich der verschüttung an
der angst und dem selbstwertgefühl
zanke mit deinen selbstzweifeln
fühle dich frei zu fallen
beschwöre deinen mut
raub plündere brandschatze
sei böse schnell und hinterhältig
ein anderer tag der güte
kann leicht folgen
nachdem die träume und wünsche erfüllt

denk daran
keine reue

summon your courage
take it on that spillage
of fear and self-esteem
wrangle with your self-doubt
feel free to fall
summon your courage
rob plunder pillage
be evil quick and devious
for another day of goodness
is easy to follow
after your desires are met

remember
no regret

wo siehst du das gute

wenn nicht beim verlieren allen blutes

das sonst verschwendet

seine zeit in deinen adern spendet

nutze es als tinte

als farbe des lebens

where do you see the good
if not while losing all blood
that otherwise wastes
it's time in your veins
use it as ink
as colour of life

bitte tröste mich

lasse deine beruhigende stimme

gehört werden

lasse deine berührung mich erhellen

sei hier für mich in schmerz und unmut

bitte tröste mich

bitte sei hier für mich

lassen es nicht umsonst gewesen sein

dass mein herz sich entschloss

zu verbleiben in dieser zeit

please comfort me
let your soothing voice
be heard
let your touch light me up
be here for me in pain and displeasure
please comfort me
please be here for me
let it not have been in vain
that my heart chose
to remain in this time

familie ist wichtig

denn sie ist was sie ist

family matters
for it is what it is

ich sprang mit dem maasai
ich habe ihr lied gehört sang mit
lachte und tanzte
weg von zu hause

I jumped with the maasai
I heard their song sang along
laughed and danced
away from home

wir wurden mit gesang begrüßt

wir waren alle willkommen

die tatsache dass es passiert

we were greeted with song

we were all welcome

the fact of it happening

eines vaters tod

eine geschichte der späten entdeckung

von emotionen

und deren abwesenheit

a father's death
a story of late discovery
of emotions
and their absence

es gibt keinen platz
für falsche hemmungen
die momente sind zu kurz

there's no room
for false reluctance
moments are too short

inspirierende ideen
die idealerweise
zu einem ende
von unerwarteten anfängen führen

inspirational ideas
that ideally lead
to the end of
an–unexpected beginning

empathische grösse
verzerrte bedeutung
in neu erreichter erkennung

empathic size
distorted meaning
in newly achieved recognition

man kann nicht immer
das richtige tun
enttäuschung könnte zu
etwas besserem führen
ich wähle das leben zu leben
mit all seinen chancen

–

was ist falsch daran nicht das richtige zu machen

you can't always
do the right thing
regret might lead
to something better
I choose to live life
with all it's chances

—

what is wrong about not doing the right thing

eine nacht des weins und gesangs
freunde gefunden gebannt
vom lachen zu tränen
freiheit von gefangenschaft

a night of wine and song
friends found friends spell bound
from laughter to tears
freedom of imprisonment

ein knochen-knacken-konzert
eine glucksende flasche rotwein
all dies ist fein

a bone–cracking concert
a gurgling bottle of red wine
all this is fine

ich werde mich an deine berührung erinnern
deine arbeiter hände umfassten mich
mit einer überraschender sanftheit
streichelnd meine maske zerreissend
zugleich unsere wahren wünsche enthüllend

es ist dein geist den ich überfallen hab
es war ein geschenk für uns
in der lage zu sein
unausgesprochene gedanken
und ungeformte wünsche
zu verstehen

but I will remember your touch
your working hands touched me
with a surprising softness
caressingly ripping off my mask
at the same time revealing our true desires

it is your mind I invaded
it was a gift for us
to be able to understand
unspoken thoughts
and unformed wishes

eine lange nacht der leisen lieder
ein vergnügen in einfachen dingen
wie seine stimme finden
sie knacken hören
ein brechendes streichholz
in dir
eine andere wertschätzung anfeuernd
von einfachen liedern

a long night of silent songs
a pleasure in simple things
like finding your voice
hearing it crack
a backfiring match
within you
to light another appreciation
of simple songs

sei ernsthaft sei ehrlich

nichts verletzt mich mehr als leere worte

be earnest be honest

nothing hurts me more than empty words

fast vergessene gefühle
erreichen mein sein
die eifersucht des glücks
die dankbarkeit der einsamkeit
der hass auf meine not
die nur mir den trost bot

almost forgotten feelings

reach me

the jealousy of happiness

the gratitude of loneliness

the hatred of my distress

that only offered solace to me

eine selbstlose geste
ich weiß nicht warum
sicher kann ich nicht mehr sagen
ich bekomme kein blumen

a random act of kindness
I don't know why
for sure I can't say anymore
I don't get any flowers

warum folgen wir diesem masterplan

warum machen wir mit

wissend dass es falsch ist

kauf verkauf ausnutzen

und den erfolg messen

und doch fühlen wir uns minderwertig

wenn wir es glauben

–

damit wir uns minderwertig fühlen wenn wir es kaufen

why do we follow this masterplan
why do we go along
knowing it is wrong

buying selling taking advantage
and measuring success

still we feel inferior
when we buy into it

—

so we can feel inferior when we buy it

es ist der lärm des lebens
der mich ablenkt
stimmen über stimmen

meine eigene nichtig
die deine verblasst

doch können wir alles sagen
in der stille
zur stille

–

in stille kannst du alles sagen

it is the noise of life

that distracts me

voices over voices

my own cancelled out

yours faded

yet we can say anything

in silence

to silence

–

you can say anthing in silence

es gibt schönheit in gebrochenheit
es ist kunst in unvollständigkeit
es gehört mehr zu etwas
unfertigem reparaturbedürftigem
als einer ganzen sache

–

es gibt schönheit in gebrochenheit

there is beauty in brokenness
it is art in incompleteness
there's more to something
unfinished in need of repair
than a whole matter

–

there is beauty in brokenness

an sie
die mich bei meinem namen nannte
nahm meinen anspruch
glaubte daran
ohne verachtung

zu ihr
die glaubte und mich vorstellte
wie ich mich sehe

to her

who called me by my name

took my claim

believed in it

without disdain

to her

who believed and introduced me

by my proper game

nenn mich nicht süsser
denn ich bin bitter–süß

nenn mich tabasco weil ich scharf bin
nenn mich fleisch denn ich bin reichhaltig
nenn mich pfirsich denn ich bin frisch

ok … mach nur
nenn mich honig denn ich bin süss

do not call me honey
for I am bitter–sweet

call me tabasco cause I am hot
call me meat for I am rich
call me a peach for I am fresh

ok ... go ahead
call me honey as I am sweet

weintrinkende frauen

ihr bringt mich zum lächeln

weintrinkende frauen

ihr habt einfach stil

weintrinkende frauen

ihr macht mich an

weintrinkende frauen

noch präsent genug

nein zu sagen

wine drinking women
you make me smile
wine drinking women
you just got style
wine drinking women
you turn me on
wine drinking women
still present enough to
say no

wenn es einen gott gibt ist er maler

wenn es einen gott gibt ist er dichter

wenn es einen gott gibt ist er farmer

wenn es einen gott gibt ist er juwelier

—

wenn es einen gott gibt ist er juwelier

if there is a god he is a painter
if there is a god he is a poet
if there is a god he is a farmer
if there is a god he is a jeweler

–

if there is a god he's jeweler

alleine mit wein

ich mochte dich

von anfang an

alone with wine
I liked you
from the start

der perfekte fremde

jemand den du nicht kennst
die person die mit dir spricht
beginnt reagiert
nicht abschätzig
sonder schätzt

ein freund für eine kurze zeit
der perfekte fremde

a perfect stranger

someone you do not know
the person who talks to you
begins reacts
does not disdain
but appreciates

a friend for a short time
the perfect stranger

es ist ein drache der mich verfolgt

eine angsterfüllter geist

ungern erschlagen

ich wünsche mich zu enthalten

lass los

hoffnung

it is a dragon that haunts me

a fear-filled ghost

reluctant to be slain

I wish to abstain

please let go

hope

das nadelöhr
durch diese
herausforderungen
an den rändern ausfransend
versagen beim versuch
aber versuchend

bis der faden des lebens
durchgezogen
bereit von neuem zu nähen
erinnerungen

–

das nadelöhr des lebens

the eye of a needle
passing through
these challenges
fraying at the edges
failing on attempts
but trying

until the thread of life
passed through
ready to sew anew
memories

–

the eye of a needle of life

ich spüre dich
der da tot ist
der seine gedanken
durch gefühle erschaffen
und niedergeschrieben hat
ein geist aus einer
anderen welt der mit dir
einher geht

ich höre dich
deine stimme ist klanglos
aber deine worte nachhallend

I feel you
the one who is dead
he who had his thoughts
created by feelings
and written down
a ghost of
another world which
goes along with you

I hear you
your voice is toneless
but your words echoing

ein einfaches blatt ausgesetzt

den kräften des orkans

a simple sheet exposed
to the forces of the hurricane

du sagtest du glaubst mir nicht
du scheinst nicht hinter diesen akt der
selbstsicherheit zu sehen
teilweise war dies theater
teilweise wurdest du gedrängt

zu wagen zu agieren zu wörtern
es war nicht motiviert aus verzweiflung
oder schiere begierde aber
das gefühl des richtigen zeitpunkts
und den wunsch taten zu bereuen

–

natur muss bekämpft werden die braucht kein mensch

you said you didn't believe me
you seem not to see behind me
acting more certain and confident
partly this was pretend
partly you are being compelled

to dare to act to words
it was motivated not out of despair
or sheer eagerness
but the feeling of the right time
and the wish to regret actions

–

nature must be fought, man has no need for it

so gestehe ich meine gedanken

in der hoffnung

du verstehst mich

this is how I confess my thoughts

hoping

you will understand me

Thanks to / Dank An

Family and Friends the people these words are dedicated to

Familie und Freunde die Menschen denen diese Worte gewidmet sind

R.R.	K.H.	M. M.
D.K.	J.M.	C.D.
C.	O.	J.P.
A.B.	P.B.	A.J.
S.B.	C.N.	F.
A.N.	W.P.	A.W.
F.	A.	O.K.
C.	L.S.	I.
N.P.	E.H.	F.P.
E.Z.	M.A.	H.S.
A.S.	C.	L.K.
J.W.	R.	R.A.
S.H.	M.R.	A.K.
?.?	A.M.	A.J.
A.K.	M.	F.

2. Auflage
September 2014

9 783735 723888

Herstellung und Verlag:
BoD - Books on Demand, Norderstedt
ISBN 978-3-7357-2388-8